BLAIRE'S
COLORING & ACTIVITY BOOK

Blaire's Coloring & Activity Book
is self published by the artist and
printed by Amazon.

Imprint: Independently published

For more information on the artist
please visit: www.TiffanyDesmond.com

Did Blaire enjoy her book?
Please consider leaving
a review on Amazon.

Your support helps grow my art career.
Thank you so much!

Tiffany

Dedicated to Blaire

(yes, you!)

Blaire

go catch your
DREAM

Blaire

BLAIRE

Blaire

Blaire

BLAIRE

BLAIRE

BLAIRE

Blaire is...

```
B Y C I S D T M M A I L M K I
X I T V W D H V Y O N O O F M
C P R P E O O P D A T V T U A
A A X C E F U M M D E I I N G
L D R Z T H G Q Q V L N V N I
M W Z I M N H X F E L G A Y N
F R F U N K T H R N I Y T Q A
K C S A P G F R I T G B E G T
U N I Q U E U B E U E B D G I
M I N D F U L R N R N K H H V
S K I L L E D A D O T Q I Y E
H E L P F U L V L U Y B C N Z
C R E A T I V E Y S W J O S D
C O M P A S S I O N A T E L F
B R Z G E N E R O U S R H X D
```

Made in the USA
Las Vegas, NV
17 December 2024